KB075383

민 영 시집

流沙를 바라보며

민 영 시집

流沙를 바라보며

차   례

제 3 부

제 1 부

流沙를 바라보며

내 마음속의
푸른 연꽃은 시들고
검게 탄 줄거리와 구멍 뚫린
씨주머니만 남았습니다.

저 唐紅빛 구름 위에
오롯이 ·자리하신 부처님,

이 몸이 떠나야 할
流沙의 끝 보리수나무 그늘은
아직도 멀었습니까?

소리개 한 마리
허공을 맴돕니다.

안 개 섬

내가 살다가
풀 한 포기 나지 않아
바위와 조약돌뿐인
저 섬에 묻힌다면,

갈매기 울고
아우성치는 파도만 남은 곳
세월 모르는 등대지기 되어
내가 살다가,

머리카락 희끗희끗
피리 불다 지쳐서
담배 한 대 피워 물고
안개 속으로 사라진다면……

옛 친구에게

사십 년도 더 되는 내 소싯적에
저 남도의 초록빛 바다
삼천포읍에서 처음 상면한
박남춘씨 안녕하세요?

한길로 문이 난 시골 양복점
그 푼푼치 못한 가게에 들어앉아서
집게손가락에 골무를 끼고
헌 옷을 손질하던 키 작은 사내.

달 밝은 밤 마을의 처녀 총각들
연애하러 갈 때 입을 옷 지으시나요,
떠도는 방랑자 이승 떠날 때
입고 갈 영원의 옷 지으셨나요?

월정리*에서

남들이 모두 신록을 찾아서
남쪽으로 떠날 때
나 홀로 북쪽으로 길을 잡았다.

눈 덮인 산야에는
오랑캐꽃 한 송이 피지 않았고
철조망을 사이에 두고 길 잃은 노루가
남쪽 하늘을 바라보고 있었다.

내 그리운 고향은
白雪의 산마루 저편에 있었다.

흰 저고리에 감색 치마
애젊은 누이가 탄불을 갈아 넣고
아들을 떠나보낸 늙은 어머니는
동구 밖을 내다보고 계셨다.

* 강원도 철원군, 휴전선 남쪽의 첫마을. 6·25 때 폐허가 된
그곳에 요즘 기차도 다니지 않는 정거장이 세워졌다.

이 가을에

나뭇잎 물든 것이
꽃보다도 아름답습니다.
붉은 잎 아래 노란 잎
노란 잎 밑에 설익은 푸른 잎이
바람에 하늘거리고 있습니다.

신령님은 늘
우리가 사는 이 세상을
눈부시게 꾸며주고 계십니다.
아귀다투는 사람만이
등 돌리고 지나갈 뿐입니다.

봉숭아꽃

내 나이
오십이 되기까지 어머니는
내 새끼손가락에
봉숭아를 들여주셨다.

꽃보다 붉은 그 노을이
아들 몸에 지필지도 모르는
사악한 것을 물리쳐준다고
봉숭아물을 들여주셨다.

봉숭아야 봉숭아야,
장마 그치고 울타리 밑에
초롱불 밝힌 봉숭아야!

무덤에 누워서도 자식 걱정에
마른 풀이 자라는
어머니는 지금 용인에 계시단다.

별을 바라보며

저 북녘 하늘 멀리
반짝이는 별을 바라보며
하나의 얼굴을 생각는다.
세라복에 단발머리
구장 집 외동딸의 얼굴을……

순영이가 여학교 다닐 때
나는 국민학교 사학년.
해방이 와 전쟁터가 되었어도
순영이네는 화룡*에 남고
우리는 두만강을 건너서
조선으로 돌아왔다.

순영이의 집은 우리집 건너편,
창가에 앉아 풍금을 치던
화사한 얼굴이 떠오른다.
좋아한다는 말 한마디 못하고
쭈뼛거리는 나에게

——무슨 노래를 들려줄까?

손아래 오랍 다루듯 묻던
눈 푸른 계집아이.

　＊ 화룡(和龍)은 중국 연변 지방에 있는 지명.

새벽을 기다리며

우리는 어둠 속에서 기다린다
오라, 이 외침 들리는 모든 이들은
우리의 밤길을 도와다오.

    (이제는 태양도 빛나지 않고
     이제는 별도 반짝이지 않는다)

우리에게 끝없는 오솔길을 보여다오
우리에게 꽃피는 초원을 보여다오
밤은 더 이상 반갑지 않다.

    (새들은 바위틈에 몸을 숨기고
     달은 구름 속에 잠이 들었다)

어둠에 갇혀서 기다린다 우리는.
오라, 새벽이 오는 발자국을 들으려고
숨조차 멈춘 채 기다리는 우리 앞에
눈부신 여명이여, 어서 오라 !

고   향

예전에는 나에게도
패랭이꽃 피는
고향이 있었더니라.

고추잠자리 날아다니는
마당가에서
맨발의 누이는 줄넘기를 하고,

명주실같이 여윈 어머니는
남쪽 하늘을
바라보고 계셨더니라.

씨 익은 해바라기가
고개를 숙인 채 서 있던
그 집,

나에게도 고향은 있었더니라
전쟁의 불길이 그곳을
쑥대밭으로 만들기까지는 !

新단양의 봄

제비꽃 따서
꽃반지 만들어주고 싶었던
계집애는
그 어디?

산 첩첩
물 휘휘
휘도는 곳에 와서 사노라
어머니 여읜 늙은 몸.

가랑잎 깔린
오솔길에 서면
민들레야 민들레
네 작은 얼굴도 그리워라.

물거울에 비친
山水는 아름다워도
솥 적다 솥 비었다
소쩍새 우네.

다 팔아도
삼천원어치밖에 안된다
산나물 깔린 단양 장
허리 꺾인 산골 할미.

애탕쑥 돋고
갯버들 피고
바람 시린 상진 나루
해 저무는데……

산수유꽃 피면
온다던 사람
산수유꽃 떨어져도
소식이 없네.

新단양의 가을

물안개 낀 강마을에
불이 꺼지면
새끼 까서 효도 보랴
떡 치는 소리 !

해질 무렵 꼴머슴들
지게 작다리 두드리며 부르던
육자배기 구성진 가락도
이제는 옛말.

자식들은 다 나가고
삭정이 같은 내외만 남아
산골짜기 비탈진 밭의
풀을 뽑는다.

갈수록 영악해지는
내 나라 사람들아
월악산에 달 뜨거던
문 열고 내다봐라.

두 뺨이 능금꽃 같던
눈 맑은 계집애는
돈 벌러 간 후
편지 한 장 없고⋯⋯

술 한잔 마시려고 찾아간
젊은 시인은
가슴에 열불이 일어
세상을 떠났다네.

추풍령을 넘으며

추풍령 이남으로 넘어가는 길이다.
보리밭 새파란 이랑 사이로
장다리꽃이 눈부시게 피어 있고,
먹기와 얹은 석간주빛 비각이
언덕 위 밭머리에 얌전히 앉아 있다.

사십 년 전 전쟁 때 이 고갯길을
울며 넘었다고는 아무도 생각지 않는다.
피난 열차 기적 소리도 들리지 않고
진달래꽃 붉게 핀 묘지에서
멧비둘기 울음소리가 들려온다.

월아천*을 그리며

나를 그곳까지 실어다줄
낙타는 어디 있는가,
나를 그곳까지 데려다줄
구슬옷 입은 여인은 어디 있는가?

流沙에는 모랫바람
길이 끊기고
아수라가 토해 낸 구름
핏빛으로 물들었는데,

그 청람색 물가에서
상처입은 이 몸을 헹궈줄
자비의 어머니는
어디 있는가?

연잎 위의 이슬처럼
바늘 끝의 겨자씨처럼
탐욕으로 더럽혀지지 않은 자를
바라문이라 부른다, 나는.

* 월아천(月牙泉)은 서역으로 가는 길목 명사산 기슭에 있는
샘. 모래산으로 에둘린 그 비취빛 호수를 지나서 가비라성에서
가출한 왕자의 말도, 갈릴리 호반 목수의 아들의 가르침도 동양
으로 들어왔다.

제 2 부

대추나무를 바라보며

저 대추나무를 심은 것은
어머니가 이승을 떠나시기 전의
어느 봄날이었습니다.

명주실처럼 꼬인 묘목을
뜰 앞에 심고 거름을 주었는데,
십 년이 지난 이 가을
수많은 열매들이
가지가 휘도록 열렸습니다.

어머니,
그러나 어머니는
시방 이곳에 아니 계십니다.

나무를 심은 지 사 년 만에
본디의 몸으로 돌아가신 어머니는
지금, 용인 땅에 계십니다.
구름도 쉬어 넘는다는 그 산 위에
외톨이로 계신 어머니.

가을볕이 당양한 오늘은
그 홍옥 같은 열매를 따다가
상돌 위에 펼쳐 보여드리겠습니다.

배봉산에서

배봉산에 오를 때마다
얼금바위 아래 놓인
부처님을 쳐다본다.

얼금바위 부처님은
쇠나 구리로 만든
값비싼 부처님이 아니다.
조계사 옆 불구점에 가면
단돈 삼천 원이면 살 수 있는
석고로 만든 부처님.

그런데도 가끔 그 부처 앞에
초 한 자루 가물가물 켜 있기도 하고
하얗게 사윈 만수향 재가
새똥처럼 쌓여 있기도 하다.

저 말없는 바위 아래 부처를 모셔놓고
소원을 빌다 간 사람은 누구일까?
무슨 사연 무슨 아픔 있길래

치성드리다 돌아갔을까?

나뭇잎 지는 배봉산 약수터에서
얼금바위 부처님의 얼굴을 쳐다본다.
이 세상에는 왜 이렇게
슬픈 사람이 많습니까 하고……

되피절* 부처님

내 어린 시절
한다리 건너 관우리 지나
되피절 부처님 찾아가던 길은
초록빛 비단의 꿈길이었네.

바늘에 찔린 오른손가락
왼손으로 지그시 감싸 쥐시고
이승의 새빨간 노을을 보며
안스러이 웃으시던 되피절 부처님.

내 고향 철원이
毛乙冬非라 불리던 아득한 옛날
가난한 집 아이들 누더기옷을
꿰매주시다 다친 손가락.

그 손에서 흘러내린 자비의 피가
싸움에 지친 마음에 연꽃을 피워
철원 평야 매운 바람 거두어 가고
통일의 봄볕을 비쳐주소서!

* 되피절 부처님은 민통선 안에 있는 도피안사(到彼岸寺)의 비
로자나불을 뜻한다. 사변 전만 하더라도 철원 사람 모두의 원찰
(願刹)이었다.

아내의 병

시 한 편을 팔아서
아내의 약을 사던 날은
희끗희끗한 눈발이
휘날리던 날이었다.

아내의 병은
피가 잘 돌지 않는 것이란다.
실핏줄 속의 피가 엉겨
팔다리가 저리고 잠이 안 오고
머리가 터질 듯이 아픈 병.

아내는 오십 평생
찬 없는 밥 먹으며
아이 기르는 일
빨래하는 일에만 매달려 살아온 사람인데,

그 고생 많은 몸뚱어리에
피의 감속 장치를 달아맨 자가 누구일까?
아무리 생각해도 그

범인의 얼굴이 떠오르지 않는다.

시 한 편을 팔아서
은행나무표 약을 사던 날은
바람에 흩어지는 낙엽이
세월의 무상함을 알려주던 날이었다.

갑사에서

대자암 가는 길에
나리꽃 한 송이를 만났다.
그 눈부신 단청만으로도
죄 많은 길손
아미타불의 빛여울 속으로
이끌어주는 계룡 갑사.
멍석바위에 앉아서
인연의 줄 더듬고 있는 이에게
"염불이 끝나면 공양 드시러 오세요."
하고 나리꽃은 속삭였다.
순간, 물참나무 가지에서 울던
매미도 소리를 멈추고
흰구름 피어오르는 관음봉 위에
부처님 앉아 계신 것이 보였다.

응 원 가

만국기 펄럭이는 운동장이다
대가리가 대가리끼리 모여서 싸운다.

  대가리 대가리
  똥대가리
  대가리 대가리
  개대가리

  대가리 터지게
  싸운다
  부처님 죽이고
  싸운다

(식기 전에 잿밥이나 처먹어라!)

소　리

병든 말 한 마리가
광야를 가고 있다.

사막의 모래알들이
일제히 일어서며 소리쳤다.

해 돋는 쪽으로 가랴?
아니,

해 지는 쪽으로 가라
해 지는 쪽으로 가라!

좋은 날

어제는 영동에 가서
시를 낭독하고

밤 새워 술 마시고
노래 부르고

올갱이국 한 그릇으로
속을 풀었다.

寧國寺 올라가는 호젓한 산길,

부처님보다 눈부신
은행나무를 보았다.

소설가 김성동이
그 절에 유하면서

낙엽을 주워 모아
만다라를 그리고 있었다.

보 리 밭

보리밭의 문둥이는
뼈만 남아서
까스라기 찌르는 풋보리알을
까먹다가 까먹다가 울었습니다.

──훠어이, 훠이!

해마다 이맘때면
보릿고개라
새 쫓던 아이가 달려와서는
문둥이 품에 안겨 죽었습니다.

──훠어이, 훠이!

보리밭 그 자리를 깔아뭉개고
오늘은 고속도로 지나갑니다.
까실까실 풋보리의 고소한 맛도
새 쫓던 아이의 아린 살맛도
문둥이는 잊은 지 오래답니다.

——훠어이, 훠이 !

가로등의 노래

밤마다 우리 골목을 지켜주는
오렌지색 등불이여,
아직 돌아오지 않은 가장이 있느냐?

어제는 자정 넘어 골목길에서
어린 남매가 우는 것을 보았다.
어미는 집 나간 지 보름이 지났고
아비는 술집에 있는지 오지 않았다.

살기 좋은 세상이 되었다지만
돈 없는 사람 아직도 많고
일자리 없는 사람도 아직은 많다.

골목길을 지키는 따뜻한 불빛이여,
죄 없는 어린것들 보살펴주고
부모 잃은 남매를 다독여다오,
아비 어미가 돌아와 누울 때까지!

「送別」을 읽으며

한평생 난과 매화를
사랑하시다 가신 님,
오늘은 정결한 그 꽃이 지고
복사꽃이 피었습니다.

복사꽃 그늘에 자리를 펴고
"십 리가 못 되는 길도
백 리보다 멀다"고 하신
님의 글귀를 읊어봅니다.

촛불을 다시 혀고
잔 들고 마주 앉아
밤새껏 하시던 얘기 남긴 채
날은 이미 밝았는데,

잡은 손 놓으시고
그믐달처럼 가신 님이여,
재너머 묵정밭 마을에도
복사꽃이 피었습니까?

＊「送別」은 가람 이병기 선생의 작품이다. 그 시조에 화답하는
마음으로 이 시를 썼다.

.

제 3 부

武陵 가는 길 1

이제 우리는
어디로 가야 하는지를 정해야 한다.
가까운 길이 있고 먼뎃길이 있다.
어디로 가든 처마끝에
등불 달린 주막은 하나지만
가는 사람에 따라서 길은
다른 경관을 보여준다.

보아라 길손이여,
길은 고달프고 골짜기보다 험하다.
눈 덮인 산정에는 안개 속에 벼랑이
어둠이 깔린 숲에서는
성깔 거친 짐승들이 울고 있다.
길은 어느 곳이나 위험 천만
집 잃은 그대여 어디로 가려 하느냐?

그럼에도 나는 권한다.
두 다리에 힘 주고 걸어가라고
두 눈 똑바로 뜨고 찾아가라고

길은 두려움 모르는 자를 두려워한다고
가다 보면 새로운 길이 열릴 거라고.

…… 한데, 어디에 있지?
지도에도 없는 꽃밭
武陵.

武陵 가는 길 2

그가 우리를 맞으러 오기까지는
우리는 우리의 길을 가야 한다.
우리는 그가 어떤 모습으로 오는지를 모른다.
그는 첫날밤의 신랑처럼 오는가?
머리에 꽃 꽂고 흑단령 입은
새서방처럼 걸어오는가? 아니면,
온몸에 검은 피 두른 꼭두서니 장승처럼
우락부락한 모습으로 다가오는가?

아마도 그는
말 한마디 하지 않으리라.
고갯짓으로만 갈 길을 재촉하고
武陵 가는 길표도 일러주지 않으리라.
그의 등뒤에서는 매운 안개 흩어지고
한 숨결의 바람이 등불을 흔들리라.
허나 우리는 두려워하면 안된다,
믿음직스러운 신랑의 모습으로 오든
사납고 어두운 장승의 모습으로 오든
두려워 말고 기다려야 한다.

그가 지금 당장
시간의 말을 타고 달려오는 것은 달가운 일이 아니지만
언젠가 오리라는 것을 우리는 알고 있다.
그러므로 이제부터라도 서서히
손님 맞을 채비를 해야 한다.
섬돌 위에 고무신도 깨끗이 씻어놓고
진솔옷 한 벌도 마련해 둬야 한다.
그리고 때가 오기까지는
초례청으로 향하는 새색시처럼
뒤돌아보지 말고 기다려야 한다.

——준비 다 됐습니까? 레디 고!

武陵 가는 길 3

武陵 가는 길은
경마장 가는 길보다 얼마나 멀까?
말들이 미친 듯이 달려가고
사람들이 미친 듯이 환호하는
경마장 지나서 얼마쯤을 더 가야
복사꽃 핀 마을이 나타날까?

나도 소싯적에
동대문구 신설동 미나리꽝 옆
경마장 출입을 한 경험이 있다.
활주로처럼 생긴 경주로에서
검정말 흰말 다갈색 말들이 꽝!
하는 피스톨 소리와 함께
입에 거품을 물고 달려나갔다.

그러면 꾼들은
정신병원에서 도망쳐 나온 환자처럼
한 손에는 마권, 한 손에는
지린내 나는 손수건을 흔들면서

와아와아 소리를 지르거나
발버둥을 쳤다.

이제 슬슬 시작해볼까?……
그 미친 녀석들 사이를
다람쥐처럼 누비고 다니면서 나는
얼빠진 호주머니 속에서 고개를 내민
배춧잎을 슬쩍 나꿔채곤 했었다,
武陵 가는 기동차 표는 값이 비싸다.

아, 그게 벌써 몇십 년 전 일인가?
전쟁과 혁명으로 얼룩진 세월이 지나가고
계집은 도망가고
동무들은 늙어서 땅속에 묻혔건만
나는 아직도 武陵에 다다르지 못했다.
그날 경마장에서 번 돈도 다 날리고
머리카락이 허옇게 바래었건만
武陵은 갈수록 멀기만 하고
이제는 눈앞이 어지럽기만 하다.

武陵 가는 길 4

이렇게 고기는 고기대로
뼈는 뼈대로, 기름은 기름대로
힘줄은 힘줄대로 다 발리고 나면
남는 게 무엇일까?

가죽은 꾸깃꾸깃
구정물 속에 처박히고,
아직도 눈 감지 못한 머리의 뿔은
하늘을 찌르고 있는데,

쇠파리 쫓던 꼬리와
논밭 갈던 네 다리가 어기적어기적
武陵으로 가게 될 날은 언제쯤일까?
만약 소에게도 꿈이 있다면……

武陵 가는 길 5

누구든 그곳으로 가고 싶어한다.

들판이 끝난 곳에 여울이 흐르고
여울을 건너면 이끼 낀 돌문.
돌문 열고 들어가면 앵두꽃 마을
너와집 한 채가 그 속에 숨어서
일 마친 농부가 낮잠을 자고 있다.
머루알 같은 배꼽을
바지춤으로 드러낸 채……

이런 그림을 본 사람은 씨가 말랐다.

새   점

네가 내 속을
알 수 없을 텐데도
호박의 부리를 지닌 작은 새야,
너는 내 마음을 안다고 한다.

오가는 사람들의 발길 아래
휴지와 흙먼지로 더럽혀진 거리 한모퉁이에서
비취색 희망을 노래하는 지혜의 새야,
미로와 같은 슬픔 속에 갇힌
내 욕망을 알고 있느냐, 너는?
쇠잔한 불꽃을 안타까워하는 내 영혼을……

네가 꿈꾸는 별은 어디 있느냐,
몇억 광년 밖 星雲 속에서 빛나는
어느 별자리가 너의 주소냐?
그리고 내 별은 어디 있느냐,
전갈좌 부근 블랙홀에서
구더기를 파먹고 자라는 진주조개냐?

영어의 창살 너머로
불가사의를 예언하는 고독한 철학자,
네가 내 마음을 알 수 없을 텐데도
너는 내 운명을 안다고 한다.

모란시장에서

이 아름다운 햇살을 주신 이가
그 누구인지 나는 모른다.
나는 그를 본 적 없고 만난 적도 없지만
이 봄에 핀 산수유꽃 위에 쏟아지는
눈부신 햇살을 바라볼 때마다
到彼岸寺 큰 법당에 앉아 계시던
비로자나불을 생각는다.

내가 어둡고 스산한
도회의 뒷골목을 헤맬 때
물앵두나무 가지의 유연한 팔로 비로자나불은
시궁에 빠져서 허우적거리는 이 몸을 건져주셨고,
사람들로 붐비는 시장 한가운데서
지향없이 방황하는 나를
가랑비 멎은 구름의 틈서리로 내비친
햇살 같은 길로 인도해주셨다.

뵌 적 없고 만난 적도 없지만
따스한 빛으로 언 손을 녹여주시던 이,

뵌 적 없고 만난 적도 없지만
한 잔의 감로주로 식은 가슴을 녹여주시던 이,
그 자비의 아들이다, 나는.

──골라봐라 골라봐, 마음만 맞으면 거저도 줘!

형   수

그해 여름
자귀나무에 꽃피더니
소쩍새는 밤마다 청승맞게 울고
싸움터로 나간 이는 돌아오지 않았다.
영명한 장군의 영도 아래
불패의 전사들이 서울을 점령하고
부산을 해방시키려고 물밀듯이 쳐내려간다고
스피커는 요란을 떨었지만,
남편을 떠나보낸 애젊은 아내는
우물가에서도 웃을 줄을 몰랐다.

그해 가을
백일홍 꽃이 지고
높새바람 산을 넘자
참담한 소식이 들려왔다.
낙동강까지 진격한 무적의 전사들이
우박 맞은 푸성귀 되어 되밀려오는 중이라고……

그날 이후

낮에는 비행기 소리에 옴쭉을 못했지만
밤이면 형수는 뒷동산에 올라가
남쪽 하늘을 바라보며 두 손 모아 빌었다.
우리집 그이 무사히 돌아오게 하옵소서!

우거진 갈대밭에
휘몰아치던 서리 찬바람
몇몇 해던가?
삼단 같은 머리카락
쑥대강이로 변한 지 몇몇 해던가?
오늘도 늙은 형수는
정한수에 불켜놓고 눈을 감는다.
이 세상 어디든
우리집 대주 살아 있게만 하옵소서, 신령님!

청관*에서

구더기 밑살같이
가난한 집에서도 새장 하나쯤
나무에 매달고 즐기는 것은
중국인의 풍류다.

그 옛날,
바다가 내려다보이는 언덕 위에서
호떡장사를 하던
메이링, 너의 집 추녀끝에도
새장 하나가 매달려
노란 카나리아가 울고 있었다.

이제 거기서 살던
靑袍 입은 사람들은 다 흩어지고
옌 스가이가 술 마시러 다녔다는
공화춘도 대관원도 찾을 길이 없지만,
자유공원 동물원 쇠그물 속에서 우는
부리가 빨간 호반새를 볼 때마다
메이링,

갈래머리 바람에 나풀거리던 너의
매화꽃 같은 얼굴이 떠오른다.

* 청관(淸館)은 제물포(인천)에 있는 중국인 거리. 공화춘(共和
春)과 대관원(大觀園)은 그곳에 있었던 청요릿집 이름이다. 옌
스가이는 원세개(袁世凱).

해방 직후

화룡의 대지주
이영춘 씨가 재판을 받던 날
운동장에서 뛰어노는 아이들은
교단 앞으로 모이라는 명령을 받았다.

포승줄에 묶인 채
이영춘 씨가 끌려 나오자
저놈 죽여라 ! 하는 함성이
아이들 뒤켠에서 터져 나왔다.

어제까지의 위세는 어디로 갔는지
이영춘 씨는 두 손 모아 빌면서
재산을 다 바칠 테니
목숨만은 살려달라고 애원했다.

모젤 권총을 찬 팔로군 장교가
이영춘 씨를 향해서 냅다 소리를 질렀다.
악질 지주에 반동이 된 이영춘 씨는
얼빠진 눈으로 그를 쳐다보았다.

이윽고 장교가 오른팔을 휘두르며
인민의 적을 처단하는 데 찬성하느냐고 물었다.
아이들 뒤켠에서 이번에도
옳소! 하는 소리가 터져 나왔다.

인민의 적이 된 이영춘 씨는
장교의 바짓가랑이를 붙잡고 매달렸다.
눈물 번진 얼굴이 애처로웠으나
장교의 발길이 턱주가리를 걷어찼다.

──탕! 탕! 탕!

모젤 권총이 불을 뿜었고
이영춘 씨는 앞으로 고꾸라졌다.
아이들은 영문도 모르고 박수를 쳤고
이것으로 끝! 구경치고는 싱거웠다.

여우 사냥

머리에 털벙거지를 쓰고 다닌대서
벙거지아바이로 불리던 김포수는
멧돼지 사냥의 명수였다.
화전이 많은 백운평* 뒷산으로
개를 데리고 사냥을 나가면
영락없이 짐승을 잡아오곤 했었다.

──이봅세, 내 말 좀 들어보오.
어느날 김포수가 나를 불러세웠다.
동짓달 초아흐레 눈 쌓인 날에
벙거지아바이는 사냥을 나갔단다.
귀곡새 우는 산골짜기에는
마른 갈대 서걱이고
풀숲에서 산꿩이 경끼하듯이 날아갔다.

──우리 워리가 먼저
갈대밭에서 사냥거리를 찾았습지비.
꼬리를 칼처럼 세우고 도망갑데다.
컹컹 짖는 개 울음소리에

캥캥 우는 여우 소리가 들려왔잖이오.
털에 기름이 자르르 흐르고
꼬랑지가 빗자루 같은 은여우였소.
데걸 잡아서 장에 내다 팔면
삼백 냥은 눈 감고 받을 게야.
방아쇠에 손을 걸고 비호같이 뛰었소.

젊은이, 헌데 그 여우가
어드메로 들어갔는지 아오?
주인 없는 무덤에 뚫린 구멍 속이었오.
비목은 삭아서 옆으로 눕고
사태가 내려 봉분도 물난 자리 같았소.
부서진 나무토막의 희미한 먹글씨로
칠십 년 전에 싸우다 죽은
독립군의 무덤인 줄 알았소.

그 산자락 버려진 땅에 아직도
눈 못 감고 죽은 전사가 있다 !

　* 1920년 10월에 이곳에서 청산리 전투가 벌어졌었다.

독   도

그 섬이
언제부터 거기에 있었던가?

신라 문무왕
동해의 용왕이 된 그 임금 이전부터,
혁거세와 동명성왕
아사달에 도읍을 정한 단군 왕검
그 이전부터,
하늘과 땅이 처음 열리고
해와 달이 눈부시게 빛날 때부터
그 섬은 거기에 있었다.

백두의 큰 줄기 힘차게 뻗어내려
붓끝처럼 삐쳐 올라간 반도의 부리
해맞이 마을 영일만에서
고래잡이로 살아가던 한 사내가
바다 저편에서 밀려오는
사악한 힘을 물리치기 위해
수자리 떠나온 지도 아득한 세월.

그 씩씩하고 날렵한 젊은이
외롭지만 의로운 사나이가
꽃같은 새댁 뭍에다 두고
조국의 방패 되어
이 섬으로 달려온 지도 반백년 !

밤하늘에 먹구름 깔리고
거센 파도 바위에 몰아칠 때마다
두 눈 똑바로 뜨고
수평선 너머를 노려보면서
게 누구냐, 썩 물러가지 못할까 ?
눈보라 속에 치켜든 의지의 횃불,

독도는 우리 땅이다 !

返　歌

나이 예순이 꽉 차는 날
탄탄한 대로를 나는 버리고
외진 산길을 걷기로 했다.

조숙한 천재 랭보는
열아홉 피끓는 어린 나이에
돈 안되는 시를 외면했다지만,

후진국에 태어나서
가난밖에 보답없는 시를 써온 나는
이제야 지나온 먼 길을 돌아본다.

불면으로 뒤척이던 기나긴 밤을
한 구절의 시를 찾아 헤맨 적도 있지만
꽃보다도 소중한 목숨을 위해

이 아침,
동해 바다의 거센 물결
모래 위에 쓴 글씨를 다시 지운다.

＊ 1965년 8월에 쓴 시를 95년 12월에 다시 매만진다. '서른'의 나이가 '예순'으로 바뀌었다. 세상은 많이 달라졌지만 그때 그 마음은 변함이 없다.

제 4 부

북극을 지나며

내가 건너온 수많은 바다를
다 너에게 보여줄 수는 없다.
流氷이 깔린 끝없는 대지와
이끼 묻은 얼음에 박힌
핏자국의 의미를
다 너에게 들려줄 수는 없다.

오로라가 휘장을 친
극한의 하늘에는 북극성이 빛나고,
우리를 이곳까지 휘몰아 보낸
하늘의 신은
유콘 강을 맨발로 건너서
순록의 발자국 따라 가라고 한다.

원시와 문명이 공존하는
未知의 세계로 !

한 인디언 추장에게

그대의 키 작은 딸을
내게 주시오.
나는 가진 것 없이 떠도는 몸이지만
피리 한 가락 가슴에 품고 있으니,

검은 머리카락 길게 땋아내린
춤 잘 추는 그대의 딸을 내게 주시오.
밤하늘의 별처럼 흩어져버린
페쿼드 족*의 추장 흰머리독수리여!

그대의 허리 가는 딸을
내게 주시오.
밤꾀꼬리 우는 단풍나무 아래
모닥불 피워놓고 피리를 불면,

그대의 가련한 딸은
은방울 흔들면서 춤을 추리니,
이 들판에서 죽은 어느 영혼인들
그 소리 들으면 눈물짓지 않으리.

* 페쿼드 족은 미국 동부에 흩어져 살고 있던 인디언의 한 부족. 17세기 초에 백인들의 학살로 멸망했다.

인디언 마을에서

늙은 인디언
카파크 유팡기가 죽던 날
사막의 지평선 위에
거대한 용이
번갯불 되어 치솟는 걸 보았다.

머리에 총알 맞은 유팡기는
붉은 선인장 꽃처럼 타오르다가
검은 들소바위 골짜기에 묻혔고,
잔인한 도살자인 양귀들은
콜로라도 강위에 뜬 창백한 달을 보며
개승냥이 소리로 환호를 올렸다.

머리칼 검은
유팡기의 권속들이 그후
어찌 되었는지는 아무도 모른다.
야수들에게 짓밟힌 그의 아내는
쇠잔한 몸을 이끌고 사막의
바위굴 속에 숨었다는 얘기도 있고,

오랏줄에 묶인 채 끌려간 아이들을
강 건너 술집에서 보았다는
소문도 들려왔다.

토지를 빼앗긴 부족들은
독수리 날개를 따라 캠프 베르데의
태양의 성채로 올라갔고,
가슴을 물어뜯는 전갈의 슬픔으로
달 없는 밤이면 원귀의 가면을 쓰고
조상들의 무덤 곁을 헤맸다.

　　네놈들이 피 흘리지 않는 한
　　돌아가지 않으리라
　　하쿠란다 꽃 피는 그 땅에.

　　네놈들의 뼈를 씹지 않는 한
　　돌아가지 않으리라
　　방울뱀 우는 그 땅에.

늙은 상수리나무

예전에는 있지도 않았다는
사막 속의 신기루 라스베가스를 지나
그랜드캐년으로 가는 길에
하늘을 찌를 듯이 솟아오른
상수리나무 한 그루를 보았다.

구름같이 피어오른 암록색 잎사귀는
제왕이 쓰다 버린 일산처럼 무성하고
거친 땅을 움켜잡은 억센 뿌리는
용의 발톱, 비늘로 덮여 있었다.

"내 나이는 오백하고도 하나
기쁜 날보다 슬픈 날이 많았소이다.
수많은 무고한 젊은이들이
내 무성한 가지 아래 피 흘리며 쓰러지고,
토지를 빼앗긴 유랑의 무리들은
내 잎을 따서 가슴에 안고
골짜기 너머 황무지로 쫓겨갔소이다.
내 거죽에 찍힌 비바람과

벼락불의 상처를 눈여겨보신 이라면,
죽지 못해서 살아온
내 슬픔을 아시리이다. "

늙은 상수리나무는
곰방대에 불을 붙여 연기를 내뿜었다
——화산처럼 !

옥수수밭에서

예전에 우리가 가꾼 옥수수밭은
수천 수만 이랑의
초록빛 바다였다.
안데스 산맥 넘어 바람이 불어오면
그 삽상한 물구비를 넘나들며
우리의 애젊은 아내와 아이들은
풍년가를 불렀고,
두 손을 마주 잡고 원무를 추면서
저 하늘에 빛나는 태양을 찬미했다.

　　옥수수 꽃 옥수수 꽃
　　옥수수 꽃이 피었네
　　키노아 키노아
　　키노아 싹이 나왔네.

　　하늘에서 굽어보시는
　　해님 달님 덕분에
　　옥수수 꽃이 피었네
　　키노아 싹이 나왔네.

그러던 어느날,
망나니의 대륙에서 바다를 건너온
불한당들이 서약을 어기고
우리들의 어진 왕 아타왈파와
숙덕 높은 왕비 코야를 잡아간 뒤,
용사들은 싸우다 총 맞아 죽고
풍요로운 옥수수밭은 황무지가 되었다.

말라 비틀어진 잎사귀는
땅바닥에 드러누워 숨을 거두었고,
능욕당한 대지는 불임의 자갈밭 되어
이슬 한 방울 맺히지 않았다.
조상들의 무덤 파헤친 총잡이들이
고귀한 유물마저 훔쳐갔으니
우리는 죽어서도 갈 곳이 없는
벼랑 밑에 처박힌 원혼이 되었다.

    와케로 와케로

무덤 파는 도굴자
와코를 캐다가
뱀에나 물려 죽어라 !

울음소리

어디선가
갓난아이 울음소리가 들려온다.

밤의 장막 하늘에는
모래알 같은 별만 남고
싸늘한 밤바람이 사위를 제압한다.

어디선가
갓난아이 울음소리가 들려온다.

방울뱀과 날다람쥐는
유카나무 뒤에 숨고
뿔사슴과 살쾡이는
벼랑 밑 굴에 숨었다.

어디선가
갓난아이 울음소리가 들려온다.

풀 한 포기 나지 않은

바위산 꼭대기에서
짝 잃은 늑대가 어둠을 짖는다.

어디선가
갓난아이 울음소리가 들려온다.

너 자라거던 전사가 되어라
너 자라거던 전사가 되어라,
총알 맞은 어미의 아들이 운다
총알 맞은 아비의 아들이 운다!

망코 로카의 장례식

세 형제 바위 밑
양귀의 통나무집 근처에서 쓰러진
망코 로카의 장례식은
참으로 성대하게 치러졌습니다.
싸움터에서 전사한 용사답게
망코 로카의 핏빛 고운 염통은
청람색 돌칼로 도려내어
태양의 제단 위에 바쳐졌고,
그의 우람한 몸통과 팔다리는
조상들이 허리에 매던
용설란 줄거리로 묶어져서
동굴 속에 안치되었습니다.

부족들은 망코 로카가
언젠가는 긴 잠에서 깨어나
속박의 끈을 풀고
콘돌처럼 날아오르리라 믿었습니다.
또한 그때에는 망코 로카가
잔인 무도한 배신자들에게

왕의 계곡의 바윗돌을 쪼개어
우박같이 쏘아대리라 의심치 않았습니다.

그러나 사백 년이 지난 오늘까지
망코 로카는 깨어나지 않았습니다.
갓 잡은 물고기처럼 싱싱하던 염통은
적갈색 도마뱀 가죽같이 빛이 바랬고,
알콜 중독과 매독에 걸린 부족들은
되살아날 줄 모르는 영웅을 원망하며
람바다 춤을 추고 있습니다.

　　달이 뜬다 달이 뜬다
　　삭사와망 요새에
　　달이 뜬다.

　　순결한 처녀 쿠스코는
　　양귀의 손에 놀아나고
　　아름답고 웅장한 태양의 신전도
　　박쥐의 소굴 된 지 이미 오래다.

망코 로카 망코 로카
잉카의 독수리
망코 로카여 !

코르디엘라 산맥에
눈 녹으면 오려느냐
마추피추 산정에
벼락 떨어지면 오려느냐.

인디언 여자의 사랑노래

기다리고 있습니다, 서방님.
사막의 수정으로 만든 술잔에
나무딸기 술을 담아 놓고
싸움터로 나간 당신이
이기고 돌아오길 기다리고 있습니다.

기다리고 있습니다, 서방님.
흙으로 빚은 챵카이 토기에
암사슴 고기를 구워 놓고
죽음의 골짜기로 떠난 당신이
살아서 돌아오길 기다리고 있습니다.

흙벽돌 사이로 스며드는 바람은
긴 밤의 등잔불을 나붓거리게 하지만
치렁한 검은 머리 풀어헤치고
기다리고 있습니다, 소녀는.

우리 오늘 밤
달의 신전으로 떠납시다.

기도하는 여인

San Xavier 교회에서

이 하나님은
내 하나님이 아닙니다.
저 하나님도
내 하나님이 아닙니다.
하나님이 죽은 이 땅에서 태어나
형상 없는 신에게 기도를 드립니다.
은으로 만든 향로 머리 위에 치켜들고
갈구하는 눈빛으로 기도를 드립니다.

내 하나님 내 하나님,
멸망한 겨레붙이의 가슴속에 사시다
멸망한 겨레와 함께 멸망하신 하나님.
마야의 피라밋과 잉카의 신전에
슬픔의 정령 되어 파묻히신 하나님.

내 하나님 내 하나님,
문명의 양심과 함께 박살이 난 하나님.
장엄하고 거대한 바위의 도시에서
별똥같이 추방되어 요절하신 하나님.

죽어서 초승달이 된 하나님
죽어서 모래알이 된 하나님
죽어서 극락조가 된 하나님
죽어서 코요테가 된 하나님
죽어서 원시림이 된 하나님
죽어서 저녁놀이 된 하나님
죽어서 바람소리가 된 하나님
죽어서 하나님이 된 하나님!

내 하나님께 빕니다.
피눈물을 흘리면서 빕니다.
억압하는 자들을 억눌러주시고
겨레의 영혼을 일깨워주옵소서!

* 백인들이 그 땅을 침범하기까지 아메리카 원주민의 신앙은 정
  령숭배(animism)였다. 백인이 그들에게 기독교를 강요했다,
  총칼을 들이대고.

유   언

나바호의 박수무당*
바람 속의 미치광이를 만난 것은
다 쓰러져가는 그의
오두막집 앞에서였다.

머리에 붉은 띠 두른 박수무당은
자갈밭처럼 갈라진 손에 북채를 잡고
멀리서 온 나그네의 얼굴을 유심히 쳐다보았다.
땀방울에 젖었다 마른 수피의 살갗,
그러나 움푹 팬 구멍 속에서 빛나는 눈은
민둥산 위에 걸린 초승달 같았다.
한 잔의 위스키와 담배를 권하자
소금버캐 낀 입술을 혀로 축이며 말문을 열었다.

"오랜 세월을 기다렸소, 나는.
사막의 회오리바람이 눈보라를 일으키고
天狼星이 밤하늘에 모닥불을 피워올릴 때
저 아득한 지평선 너머에서
우리를 구해줄 무적의 용사가

날개 달린 투구 머리에 쓰고
함성을 지르며 달려오리라 믿었소.
핍박받는 노예가 된 종족을 위하여
병들고 굶주린 겨레붙이를 위하여
이 땅을 가로챈 불한당들을 몰아내고
해방의 북소리 울려주길 빌었소.
……………

그러나 이제 나는 죽고 싶소.
종족의 혈기가 다 식은 이 마당에
침묵의 신은 나에게
뭘 기대하는지 모르겠구려."

* 여기서 말하는 '박수무당'(medicine man)은 북아메리카 인디
  언 세계에서는 의사이자 주술사였다.

과달루페를 지나며

산은 늘 구름에 가려
그 얼굴을 드러내지 않았다.
우람한 성채같이 날개 편 바위 아래
원주민의 토담집은 나직이 웅크리고
선인장과 유카, 오코티요가
꽃을 피운 거친 땅에
엘크사슴과 도마뱀, 표범의 무리들이
짝짓고 어울리며 살아가고 있었다.

과달루페 마운틴[1]──
이것이 그 聖山의 이름이었다.
석양에 비친 산의 자태는
날개옷 걸친 대추장의 위엄 넘치는 모습 같고,
백여년 전 이 산밑에서 벌어진
학살의 분노를 못 잊었는지
천둥 번개 휘몰아치는 비를 뿌려서
나그네의 마음을 두렵게 만들었다.

홀연 그 거대한 산의 이마빡에서

한 목소리가 들려왔다.
화산이 터질 때 나는 소리 같기도 하고
중생대의 길짐승이 울부짖는 소리 같기도 한
그 목소리는,
어둠이 깃든 계곡과 평원에 메아리쳐서
꿇어엎드린 만물을 으스스 떨게 했다.

저 멀리 지평을 누비고 흐르는
리오그란데 강이여,
내 어린 자식과 그 자식의 자식들이 빨아먹고 자란
풍요로운 젖가슴의 여인이여, 내 말을 들어라!
또 하늘에 무지개 걸린 강가에서
손도끼와 방패와 창을 높이 들고 들소 사냥을 하던
메스칼레로 아파치의 전사들이여,
내 말을 들어라!

너희들이 강보에 싸여 누워 있을 때
한 사악한 인종들이 우리 땅으로 들어왔다.
저 황혼 비낀 구름바다가 끝나는 곳,

애팔래치아 산맥[2] 너머 마사소이트의 땅에
누더기 같은 돛단배 한 척이 대양을 건너서
자작나무가 우거진 샛강으로 들어왔다,
십자가에 못박힌 죄수를 앞세우고——

그 난파한 배에는
검은 모자, 검은 옷에 검은 총을 든
음습한 사내들이 타고 있었다.
병들고 굶주린 아녀자들과
해골같이 여윈 늙은이도 타고 있었다.
험난한 뱃길에 걸레가 되었는지
뭍으로 올라선 패들은 십자가를 땅에 꽂고
고개 숙여 흐느끼며 주문을 외기 시작했다.

　　광야에서 외치는 자의
　　소리가 들린다.
　　네 주의 길을 예비하라.
　　모든 골짜기는 메우고
　　모든 산과 언덕은 낮아지게 하라.

굽은 데는 곧게 하고
험한 길이 평탄해지는 날
너희는 주의 영광을 보게 되리라. 3)

우리의 왕 와칸나소콕과 그 백성들은
이 가련한 자들을 위해 잔치를 베풀고
거처할 천막을 마련해주었다.
또 겨울이 가고 봄이 오면 심어 먹어야 할
옥수수 씨앗도 나눠주었다.
유랑의 무리들은 관대한 주인을 위해서
줄타기와 칼춤추기, 총 쏘며 말달리기
이방의 재주를 다 부려 보였지만,
그 요란한 광대짓은 왁살스럽기만 할 뿐
주민들의 마음에 기쁨은 주지 않았다.

하늬바람 부는 새봄이 돌아왔다.
겨울잠에서 깨어난 원주민들은
기지개 켜는 들판에 씨앗 뿌릴 궁리를 했다.
멕시코 하늘에서 제비가 날아오자

희끗희끗한 잔설 곁에 히아신스가 피었다.
사냥을 떠난 장정들이 마을로 돌아오니
큰마당에서 파우워우 축제가 벌어졌다.
북소리는 둥둥둥 흥겹게 울리고
은방울 달린 춤옷 입은 처녀아이들이
발장단도 가볍게 사스미춤을 추었다.
구경꾼들은 일제히 나뭇잎을 흔들고——

여름은 가혹했다.
뜨거운 모랫바람이 내륙에서 불어와
잎 핀 곡식들을 시들게 하고,
바람이 멎자 이번에는 장대비를 퍼부어
흙속에 박힌 뿌리를 뒤흔들었다.
그럼에도 푸른 목숨은 줄기차게 자라서
우박 맞고 아문 잎에도 생기가 돋았다.

곡식이 영그는 달 구월이 돌아오자
옥수수 나무에는 팔뚝 같은 열매가 달리고
땅 깊은 곳에서는 감자가 알을 품었다.

풍년 든 대지는 보기만 해도 배불렀지만
나그네들의 밭에는 알곡보다 쭉정이가 흔했다.
여름내 술 마시고 총 쏘며 놀았기에
하늘이 그 땅에는 수확을 적게 준 것이다.

그럼에도 잎 떨어지는 달
시월이 다가오자 영악한 무리들은
하늘 제사를 지낸다며 법석을 떨었다.
십자가에 매달린 우상을 떠받들고
추수감사제를 지낸다는 것이었다.
초대받은 우리의 왕 와칸나소콕은
부하들을 거느리고 그 자리로 나아갔다.
숲에서 잡은 노루 다섯 마리와
칠면조 수십 마리를 짐꾼에게 메우고——
백인들은 왕에게 위스키를 권했지만
이 '망령된 물'을 와칸나소콕은 완강히 거절했다.
술 취한 자들이 방자하게 굴며 떠들었으나
손님으로 온 몸이라 내색하지 않았다.

마침내 한 녀석이 무리에서 뛰쳐나와
거친 목소리로 떠들기 시작했다.
"이 기름진 땅은 우리의 것이다.
십자가에 못박힌 우리 주 크리스토스는
그 대속의 구원으로 이 땅을 우리에게 주었다.
이 땅에서 나는 모든 곡식과 짐승,
하늘을 나는 새들까지 우리 것이다!"
침정한 왕은 그자의 무례함을 눈치챘으나
위엄을 지키면서 입을 다물었다.

그 버릇없는 흰둥이놈이
왕의 딸 아쿠나코나를 겁탈한 것은
추수감사절이 끝나던 날 새벽이었다.
음욕에 눈이 먼 포악한 사내는
초대받은 이들이 곯아떨어진 사이에
뱀처럼 처녀의 방에 숨어들었다.
와칸나소콕의 정숙한 따님은
몸부림치며 야수에게 대들었으나
억센 수컷은 머리를 때려 혼절시키고

풀밭으로 끌고 가서 수욕을 채웠다.
더럽혀진 아쿠나코나는 누운 채로 울었으나
바지를 추킨 흰둥이는 어둠 속으로 사라졌다.

날이 밝았다.
눈부신 태양이 산 위에 떠오르자
지빠귀들이 날아오르며 아침을 찬미했다.
그러나 순결을 도둑맞은 아쿠나코나는
해가 중천에 떠도 나타나지 않았다.
와칸나소콕과 그의 부하들은
허드슨 강변의 갈대숲을 샅샅이 뒤졌으나
어느 물굽이로 뛰어들었는지 기박한 여인은
두 번 다시 물 위로 떠오르지 않았다.
강기슭에 떨어진 피 묻은 손수건 한 장이
그녀의 슬픈 운명을 말해주고 있을 뿐——

비통한 말들이 나돌기 시작했다.
가족을 잃은 것은 왕만이 아니었다.
어느 마을에선 백인들이 남의 아내를 욕보이고

남편에게 술을 먹여 총으로 위협한 후
가축과 아이들을 잡아갔다는 것이었다.
또 백인들은 원주민 집에 불을 질러
떠나지 않는 사람들을 총으로 쏴 죽였다.
낙원으로 일컬어지던 축복받은 대지는
하루 아침에 저주의 땅으로 바뀌고 말았다.

와칸나소콕이 병들었다는 소문은
아쿠나코나가 실종된 지 여러 달 만에 퍼졌다.
고독한 왕은 제 방에 모신 신주 앞에서
식음을 폐하고 신음하듯 중얼거렸다.
"내가 젊었을 때
나는 이 땅을 겁없이 활보하고 다녔다.
그때는 아파치 족 말고
다른 종족이라곤 눈에 띄지도 않았다.
한데, 여름이 몇 차례 지나간 뒤에 돌아보니
낯빛 다른 인종들이 이 땅을 차지하고 있었다.
……이게 어찌 된 일인가?
아파치 족이 노예 같은 삶을 이어가다니,

이제 아파치들은 산과 들을 떠돌아다니며
하늘이 무너져내리기만을 기다리고 있다! "4)

또 달 밝은 밤이면 와칸나소콕은
바람부는 모래톱을 넋없이 떠돌았다.
어둠이 깃든 숲에서는 밤꾀꼬리 울고
바위뿐인 민둥산에서 코요테가 달을 보며 짖었지만,
상심한 왕은 흩어진 머리카락도 걷어올리지 않은 채
기슭을 물어뜯는 강물만 바라보고 있었다.
와칸나소콕의 피맺힌 절규를 들어라!

"그들은 입으로 사랑을 말하지만
그들의 눈은 미움으로 이글거리고,
그들은 입으로 진실을 말하지만
그들의 마음은 거짓으로 가득 찼다.
그들의 탐욕은 시체를 뜯어먹는 하이에나보다 게걸스럽고
그들의 잔인은 새끼비둘기를 잡아먹는 독사보다도 사납다.
그들은 우리 조상들의 무덤을 파헤쳐
고귀한 황금을 앗아갔고,

그들은 우리 둥지를 덮쳐서
미처 깨나지 않은 알까지 집어삼켰다.
검둥수리의 날개를 단 부싯돌 같은 용사들이여
목숨을 걸고 싸울 때가 다가왔다.
앉아서 죽느니 싸우다 죽어야 할
결전의 시기가 닥쳐왔도다.
화 있으라, 거짓을 진실로 덧입혀 말하는 자,
화 있으라, 폭력의 칼날로 영아의 요람을 깨부수는 자,
신령한 산들이 용암을 내뿜을 때
북 치며 일어나라, 알곤퀴안의 용사들이여!"

이 미치고 환장한 늙은 왕의 목소리는
눈바람에 실려서 대륙 깊이 흩어졌다.
나무에 긁혀 찢어진 그의 옷자락은
꼬리 빠진 황새의 때문은 깃털 같고,
돌부리에 넘어진 그의 무릎에서는
붉은 피가 쉴 새 없이 흘러내렸지만
메아리 되어 울려퍼진 위대한 왕의 목소리는
짓눌려 사는 인디언들에게 용기를 주었다.

1) 과달루페 마운틴(Guadalupe Mountain)은 미국의 서남부, 텍사스 주와 뉴멕시코 주 경계에 있는 큰 산. 인디언의 성지이다.

2) 애팔래치아(Appalachian)는 미국 동부에 있는 큰 산맥. 뉴브룬스비크에서 남서쪽으로 뻗어 멕시코 만에 이른다.

3) 구약 「이사야」 40장 3~5절.

4) 치리카후아 아파치 족의 추장 코치스가 한 말.

제 5 부

맨하탄에서

뉴욕의 맨하탄
엠파이어스테이트 빌딩 앞
가로등에 기대어 나는
담배를 뻐끔거리고 있었다.

지나가던 몸집 큰 녀석 하나가
나를 흘낏 돌아보았다.
검은 모자
검은 안경
검은 망토
모가지에 쇠줄 맨 검정개를 앞세우고
그 사나이는
깡통으로 만든 요령을 흔들면서
하나님의 심부름꾼처럼 외치고 다녔다.

　　"흰둥이새끼들아, 주머니끈을 풀러라
　　흰둥이새끼들아, 주머니끈을 풀러라
　　배고픈 자를 위하여 ! "

그자의 눈에는 나도 동업자로 비쳤을까?
얼굴은 깡마르고 키는 작지만
바다 건너 아세아에서 빌어먹다 굴러온
동양 거지쯤으로 보였는지,
분화구 같은 입을 벌리고 씩 웃었다.

나는 생각했다…… 내가 만약
내 나라에 아내와 자식을 두고 온 몸이 아니라면
나도 저 흑인처럼 이 거리에 서서
소리를 질렀을까?

　　"흰둥이새끼들아, 잡은 고삐를 놓아라
　　흰둥이새끼들아, 잡은 고삐를 놓아라
　　동양 평화를 위하여!"

사막의 장미

사막에서는 바람이
어디서 불어오는지를 모른다.
동에서 부는가 하면 서에서 불어오고
남에서 부는가 하면 북에서 불어온다.

사막에서는 차가
어디로 달려가고 있는지를 모른다.
판에 박힌 풍경 속에 무한궤도
하이웨이만이 직선으로 뻗어 있다.

'사막의 장미'란 낭만적인 돌이 있다.
달밤이면 수정 같은 돌멩이가
떼굴떼굴 집시처럼 굴러다닌다.
강파른 나무뿌리에 걸려 몸살을 앓다가도
도리깨바람에 휘말리면 허공으로 치솟는다.
제 땅에서 추방된 인디언의 영혼인가?

Desert Rose……
그 사막의 장미가 어느날

조개껍질, 산호, 박제 악어, 토기 항아리
온갖 잡동사니에 뒤섞여서
남대문 지하도에 나타난 것을 보았다.
매연과 소음에 노랗게 질린 얼굴로
"여기도 살 만한 곳이 못되는군!"
하고 중얼거렸다.

늙은 풍각쟁이

나의 벗 긴즈버그에게

늙은 풍각쟁이 앨런,
그대를 여기서 만날 줄은 몰랐군.
기둥뿌리가 썩어서 바다로 기어드는 뉴욕
맨하탄에서 할렘에서 브로드웨이에서
워싱턴 광장 자유의 여신상
부룩클린 다리 위에서,
한여름에도 검정색 양복을 입고
검은 모자 검은 안경 쓰고
금송아지 가죽으로 뚜껑 덮은 율법책 옆구리에 끼고
"배고프다, 돈 없으면 죽는다."고 중얼거리는
늙은 유태인.

눈깔 빠지게 신을 기다리는
이 광신의 땅에서
대낮에도 엉덩이를 까고 유혹하는 백인 매춘부와
대낮에도 총을 들이대고 돈을 요구하는
흑인 강도들의 틈바구니에서
세계 제일의 자본주의의 낙원에서
앨런, 그대는 왜 손풍금을 울리며

"America this is guite serious ! "[1]라고 외치는가 ?
미 합중국 최후의 음유시인 최후의 방랑자
그대 말마따나 미국은 너무나 심각하고
우리가 사는 이 세상도 너무나 심각한가 ?

어디선가 매일
수십만의 인간이 죽어가고 있다.
굶어 죽고 총 맞아 죽고 병들어 죽고
날아오는 미사일의 밥이 되어 죽고,
증오도 없이 달려드는 차바퀴 밑
눈먼 이기주의의 무한궤도에 깔려 죽고,
무너지는 다리 광산의 돌더미
철야작업 공장의 벨트에 휘말려 죽는다.
그뿐인가, 물고문 전기고문 성고문 최루탄에 맞아 죽고
폐수와 매연 화공약품에 숨막혀 죽고
돈과 여자와 마약, 덧없는 욕망을 즐기다가 죽고
울화가 치밀어 정신없이 마신 술에
곯아떨어져 죽는 자도 있다.
——이념을 위해서 죽은 자는 불쌍하도다.

(뉴욕 지하철의 낙서)

정말 심각한가, 앨런.
애팔래치아 산속의 고향 마을에서
강제로 추방된 체로키 인디언[2] 같이.
(그대는 설마 이 사건을 모른다고는 하지 않겠지?
불과 150년 전 얘기니까……)
매운 바람 휘몰아치는 엄동설한에
굶주린 원주민들의 누더기 같은 행렬이
피 묻은 맨발로 얼음강을[3] 건너서
서부의 황무지 오클라호마로 쫓겨갔다.
눈물의 길[4], 1300 킬로미터의 진창길을 걸어서.

도중에 그들은
얼어 죽고 굶어 죽고 매맞아 죽고
곱상한 계집애는 풀숲으로 끌려가고
반항하는 젊은이는 총 맞아 죽었다.
절뚝거리는 늙은이는 개머리판으로 후려치고
우는 아이는 군홧발에 짓밟혀 죽었다.
이 모두가 위대한 개척자의 나라

합중국 정부의 명령에 의해서 자행된 일인데,
"신이 주신 풍요로운 땅을
제대로 가꾸지 못하는 인디언의 존재는
신의 뜻에 어긋난다."는 이유 때문이었다.

친애하는 앨런,
기억하는가 베트남의 작은 마을 솜미를?
푸른 논밭에 내려앉은 헬리콥터에서
80명의 용감한 총잡이가 뛰어내려
카우보이 기병대가 인디언을 사냥하듯
"I no Viet Cong!" 하고 울부짖는
무고한 촌사람 450명을 쏴 죽였다.
대들지도 못하고 도망치기에 바빴던
노약자와 부녀자와 갓난애까지.
완전히 돌아버린 미국적 정의와
끝없이 비틀거리는 이성과 질서——
너무나 심각하다, 앨런!

1) 긴즈버그의 시 「America」의 한 구절.

2) 미국의 남동부에 거주하던 원주민의 한 부족. 합중국 정부의
원주민 정책에 순응하여 백인과의 전투를 포기하고 평화적인 공
존 가능성을 믿으며 체로키 네이션(Cherokee Nation)을 탄생
시켰다. 그러나 이러한 노력에도 불구하고 백인들의 만족할 줄
모르는 토지 점유욕에 밀려서 1837년 1월, 서부의 황무지 오클
라호마로 추방되었다.
3) 미시시피 강.
4) Trail of tears.

두 박자의 절망과 희망의 시

김   훈

　인간에게 허용된 시간과 공간 속에 무릉도원이란 없다는 이야기를, 민영의 시편들은 말하려 하는 것 같다. 무릉도원은 없다! 라고 말하면서, 없는 무릉도원에 관하여 또한 말해야 하는 것이 시인의 고난일 터이다. 우리가 언어를 경영할 때, 애초부터 없는 것을 향하여 없다! 라고 말해야 할 이유가 있을까. 혹은, 애초부터 없는 것의 '없음'을 우리는 어떻게 인지할 수 있으며 상정할 수 있으며, 어떻게 그 '없음'에 대하여 말을 걸 수가 있을까. '없음'에 대하여 자꾸만 말을 걸려고 하는 우리의 말은 무내용하고 공허한 것은 아닌가. '없음'에 대하여 없다! 고 말할 때, 우리는 그 부재하는 것의 '있음'을 내밀하게 긍정하고 있는 것은 아닐까. 이 긍정은 타당한 것인가. 이 긍정이 타당하다면 '있음'과 '없음'은 인간의 언어 속에서 동일한 근원을 갖는 것인가. 애초부터 '없는' 것의 '없음'을 우리의 마음은 어떻게 포착해낼 수가 있을 것이며, 어떻게 그것을 향하여 없다! 고 말할 수가 있을까. 우리는 언어를 이끌고 '없음'의 세계로 건너갈 수가 있는 것인가. '없음'의 세계 속에서, 없는 것을 없다! 고 말하려는 인간의 언어는 인식에 바탕한 것이 아니라, '없음'에서

'있음'으로의 전환을 획책하려는 불가능한 주술이거나 몽매한 그리움의 산물은 아니었을까. 나는 없는 것은 없어도 무방하다고 생각하기로 했다. 나는 '없음'과 '있음' 사이에 주술과 그리움의 다리를 놓을 만한 마음의 근력이 없었다. 나는 오랫동안 시를 읽지 않았다.

민영이 무릉도원은 없다,고 말할 때, 그 '없다'라는 말은 '있음'과 '없음' 사이의 지옥에 빠져 있다. 민영은 그 지옥을 시로서 건너가려 한다. 그의 시편들은 그 지옥을 건너간 자, 혹은 건너가려는 자의 행복과 희망을 노래하기도 하고 혹은 그 지옥의 심연에 영영 추락해버린 자의 비탄과 절망을 노래하기도 한다. 나는 그의 시들이 그 '있음'과 '없음' 사이의 지옥을 건너갔는지 아니면 추락해버렸는지에 관하여 별관심이 없다. 그의 가장 좋은 시편들은 무릉도원으로 진입한 자리나 혹은 추락해버린 자리에서 씌어지는 것이 아니라, 그가 '없음'에서 '있음'으로 건너가려는 과정의 길 위에서 씌어지고 있다. 민영이 무릉을 말하면서 그 '없음'과 '있음' 사이에 펼쳐놓는 공간은 '사막'이다. '사막'을 건너가는 자의 내면과 외양과 지향성은 「流沙를 바라보며」「소리」「武陵 가는 길 3」 같은 시편 속에 들어 있다.

내 마음속의
푸른 연꽃은 시들고
검게 탄 줄거리와 구멍 뚫린
씨주머니만 남았습니다.

저 唐紅빛 구름 위에
오롯이 자리하신 부처님,

이 몸이 떠나야 할
流沙의 끝 보리수나무 그늘은
아직도 멀었습니까?

소리개 한 마리
허공을 맴돕니다.
　　　　　　　　——「流沙를 바라보며」 전문

　　인용한 시는 무릉의 '없음'과 '있음' 사이에 펼쳐진 사막에 처
한 인간의 모습을 그려낸다. "부처님"은 "연꽃" 속에 자리하는
것이 아니라, "구름 위에" 자리하고 있다. 인간의 몫으로 돌아
오는 것은 부처가 떠나가버리고, 그래서 이제는 시들어버린 "연
꽃" 줄기와 "구멍 뚫린／씨주머니"뿐이다. 그 인간이 유사(流
沙)의 끝을 향해 사막을 걸어가고 있다. 시의 제3연과 제4연
사이의 거리는 그보다 앞선 시행들 사이의 거리보다 넓다. 진술
이 멎어버린, 먼 공간을 지나서 "소리개 한 마리"가 "허공을
맴"돌고 있다. 사막에서는, 인간의 몫인 시든 "연꽃"과 구름 위
의 "부처님"이 지향성의 양극점에서 한짝을 이루고, 그 사막을
걸어가는 인간의 존재와 허공을 맴도는 "소리개 한 마리"가 현
실의 구도 속에서 대칭을 이루고 있다. "연꽃"은 시들고, "부처
님"은 지상을 떠났고, 사막 위에 남은 것은 인간의 한 점과 "소
리개 한 마리"뿐이다. 구름 위의 "부처님"에게로 가려면, 초월
을 향한 수직 상승이 불가피할 터인데, 시 속의 인간은 사막의
끝을 향해 수평 이동을 하고 있다. 그 끝없는 수평 이동이 끝나
는 곳에 보리수나무 그늘은 있는 것일까. 거기에 대한 대답은
허공을 맴도는 "소리개 한 마리"이다.

「소리」라는 제목을 단 시 속에서 광야를 가는 병든 말 한 마리는 "해 지는 쪽으로" 방향을 정하고 있다. 시 속의 병든 말은 해 돋는 쪽을 향한 지향성을 위하여 해 지는 쪽으로 간다. 그 지향성의 구도는, 초월을 향하여 사막을 수평 이동하는 「流沙를 바라보며」의 구도와 흡사하다. 「소리」는 그 시의 표면에 드러난 완벽한 절망의 진술에도 불구하고 절망 너머를 일깨우는 울림을 울린다. 절망이 절망 너머의 울림을 울릴 수 있는 역설적 에너지를 뿜어내는 것이 이 시의 아름다운 힘이라고 나는 말하려 한다. 그 역설의 힘은, 문체의 힘에 의지하고 있는 점이 있다. 그것은 "해 지는 쪽으로 가라!"는 명령어법일 터이다. 명령형 종결어미는 절망을 역설로 치환시키는 힘을 갖추고 있는 모양이다. 그 힘을 보완해주는 것이 "사막의 모래알들이／일제히 일어서며 소리쳤다"에서의 "일제히 일어서며" 같은 부사구들일 것이다. 그 모래알들의 아우성이 역설의 에너지로 전환되면서, 해 지는 곳을 향하는 저 병든 말의 최후의 지향성은 결국 일출일 수밖에 없으리라는 고통스런 위안에 우리는 도달한다. 시인은 어둠만을 말한다. 그는 어둠 속으로 병든 말을 내몰아버림으로써, 아직은 떠오르지 않는 일출을 시의 바깥쪽으로 펼쳐놓는다.

「武陵 가는 길 3」은 비속하고도 무의미한 일상 속에 매몰되어버린 자의 무릉에 관하여 말한다. 인간은 결국 무릉에 갈 수 없지만, 갈 수 없는 그 '무릉'은 비속한 일상의 비속함을 끝없이 일깨워준다. 그때, 무릉은 자각의 고통을 불러일으키는 괴로운 무릉이지만, 그 '무릉'은 일상에 매몰된 삶을 긴장시킨다. "전쟁과 혁명으로 얼룩진 세월이 지나가"지만, 전쟁과 혁명은 지상의 아무것도 개조하지 못하고 인간은 속수무책으로 늙어간다. 「武陵 가는 길 3」은 '경마장'과 '무릉' 사이의 공간에서 바래어 져가는 인간의 꿈에 관한 이야기이다. 그 바래어져가는 꿈이 비 속한 일상에 매몰된 인간의 삶을 괴롭게 긴장시키고 있다.

민영의 시행들은 대체로 두 박자의 리듬을 울린다. 자신의 내 면을 진술하는 시행들이나 혹은 풍경을 데생하는 시행들까지 그 의 문체는 대체로 두 박자의 울림이 그다지 큰 변조를 보이지 않으면서 계속 이어진다. 그 두 박자의 문체는 대체로 한 토막 씩의 이야기를 추슬러 나아간다. 두 박자의 문체에 실리는 이야 기는, 그 이야기의 내용이 혁명이든 원한이든 좌절이든 문명비 판이든 간에 결국 설화적 성격에 도달하게 된다. 설화적 성격의 이야기란, 복잡한 것을 단순화시키고 불투명한 것들을 선명한 대비의 구도 안으로 끌어들이고, 세계를 선과 악의 이원 대립으 로 조직한다.

이 시집의 제4부와 제5부를 이루고 있는 시편들은 그 두 박자 의 리듬에 실리는 설화적 구도와 설화적 어법을 보여주고 있다. 그러나 그가 설화적 구도와 어법으로 절규하고 있는 이야기는 설화가 아니라, 문명의 폭력에 의해 멸절된 종족의 슬픔과 원 한, 혹은 문명의 이름으로 자행되는 폭력에 대한 저주이다. 거 기서, '무릉'의 '있음'과 '없음' 사이를 기어가던 시인은 분노에 찬 예언자의 목소리를 내고 있다. 인간은 자신이 처한 역사와 현실을 쉴새없이 때려부수며 지옥을 만든다. 낙원을 건설하려 는 인간의 모든 노력들이 모여서, 인간의 세계를 지옥으로 만든 다. 아메리카는 인디언을 멸종시키고 베트남 인민을 학살한 죄 업 속에서 "눈깔 빠지게 신을 기다리는" "광신의 땅"이다(「늙은 풍각쟁이」). 시인은 학살당한 부족이 그들의 삶의 건강함과 아름다움과 단순성으로 부활하기를 주술의 언어로 기원하고 있다. 무릉은 점점 멀어지고 무릉이 소멸해버리는 삶의 안쪽으로 무릉의 넋은 아프게 깃든다. 시인은 '없음'에서 '있음'으로 기어가고 있다. 그가 기어가는 자리마다 두 박자의 절망과 두 박자의 희망은 뒤섞이면서 피어나고 있다. 두 박자의 리듬으로 건져 올릴 수 있는 것과 두 박자 리듬 사이를 새어나갈 수밖에 없는 세상의 의미와 내용의 무게를 견주어보아야 하는 일이 민영 문체의 숙제가 아닐까 싶다.

민영의 시편들은 그 시들을 부연하기 위하여 아무런 설명도 필요없을 만큼, 스스로를 완벽하게 드러내고 있다. 그의 시에 대한 가장 완전한 설명은 그의 시 자체이다. 그러므로 민영의 시에 대한 나의 작문은 전혀 불필요한 췌사일 수밖에 없다.

쓰기를 마친다. 민영의 그 자그마한 체구와 까무잡잡한 얼굴과 쉴새없이 반짝이는 작은 눈동자가 생각난다. 세상에 얼굴을 드러내지 않고, 한 은자로서 살아가는 그의 모습은 언제나 완강해 보였다. 아마도 그는 '무릉'에 당도할 수 없을 것이다.

후   기

   이것이 내 여섯번째 시집이다. 나는 한때 시집 세 권에 산문
집 한 권이면 하늘이 내게 준 문학의 업을 마무를 수 있지 않을
까 생각한 적이 있었다. 그런데 무슨 어중된 욕심인지 드디어
여섯 권째 시집까지 내게 되었다. 이 시집 범람의 시대에 또 하
나의 반고(反古)를 보태는 일이 되지 않을까 두렵다.

   이제까지 시를 쓰면서 살아온 생애를 후회한 적은 없다. 시에
주어지는 물질적 보상이 하찮은 것일지라도 그것이 내 천직이
요, 기쁨이거니 여기면서 자족해왔다. 그러나 이 근래에 와서
내가 써온 시가 독자들에게 과연 무슨 도움을 주었을까 하고 뒤
돌아볼 때가 있다. 시가 단순한 의미 전달만이 아닌 언어의 예
술이기에 읽는 이로 하여금 고양된 정서와 각성된 결의를 줄 수
있어야 하는데, 그러기에는 내 글과 소리가 너무나 미약하고 실
없지 않았는지 뉘우쳐질 때가 있다.

   마침내 세계는 어느 한 지점을 향해서 쏜살같이 달려가고 있
다. 후기 자본주의의 산업화 시대라고도 하고 '세기말'로도 일
컬어지는 이 시대는 사보나롤라가 교회의 타락과 성직자의 배덕
을 규탄하고 정치적 자유를 제창하던 15세기말이나, 세계대전
의 위험을 알면서도 열강들이 식민지 쟁탈로 약소국가를 위협하
던 19세기말과는 다르다. 그러나 인간의 무한한 욕망과 극단적
인 이기주의가 우리가 사는 이 세상을 병들게 하고 있음은 같
다. 어디선가 매일 무고한 사람들이 이유도 모르는 채 죽어가

고, 무너진 도덕의 잿더미 위에서 사람들은 순간적인 향락에 매달려 있다.

물론 이것은 시인의 극단적인 시각이요, 이 세상에는 정신없이 허우적거리는 사람보다 하루하루를 성실하게 땀 흘리며 살아가는 사람이 많다. 그들에 의해서 이 세상이 더 이상 타락하지 않고 유지되는 것도 사실이지만, 그런 이들을 실망시키지 않기 위해서라도 시인이 앞으로 해야 할 일이 무엇일까 하고 반성할 때가 있다.

이 시집 제4부에는 1991년에 나온 시집 『바람 부는 날』에서 4편의 시를 뽑아서 재수록했다. 내가 그동안 써오던 미국 원주민의 역사를 소재로 한 '인디언 시편'을 하나로 묶기 위해서였다. 독자들의 양해가 있기를 바란다.

끝으로 이 시집이 나오기까지 애써준 창작과비평사의 여러 벗들과 발문의 청탁을 선뜻 맡아준 김훈씨에게도 고마움을 표한다.

1996년 9월 중랑천변에서

민　　영

창비시선 153

流沙를 바라보며

ⓒ민 영 1996

지은이/閔 暎
펴낸이/김윤수
펴낸곳/(주)창작과비평사

1996년 10월 5일/초판 인쇄
1996년 10월 10일/초판 발행

등록/1986년 8월 5일 제10-145호
주소/서울 마포구 용강동 50-1 우편번호 121-070
전화/영업 (02) 718-0541, 0542
편집 (02) 718-0543, 0544
독자관리 (02) 716-7876, 7877
팩시밀리/영업 (02) 713-2403
편집 (02) 703-3843
전산조판/동국전산주식회사
인쇄/경문인쇄

ISBN 89-364-2153-0 03810
* 책값은 뒤표지에 표시되어 있습니다.